LA
CHASSE DU LOUP

POËME

PAR

HABERT.

NOUVELLE ÉDITION

CONFORME A CELLE DE 1624

ET PRÉCÉDÉE D'UNE INTRODUCTION.

PARIS

IMPRIMERIE ET LIBRAIRIE DE Mme Ve BOUCHARD-HUZARD

RUE DE L'ÉPERON, 5.

M DCCC LXVI.

LA

CHASSE DU LOUP.

LA
CHASSE DU LOUP

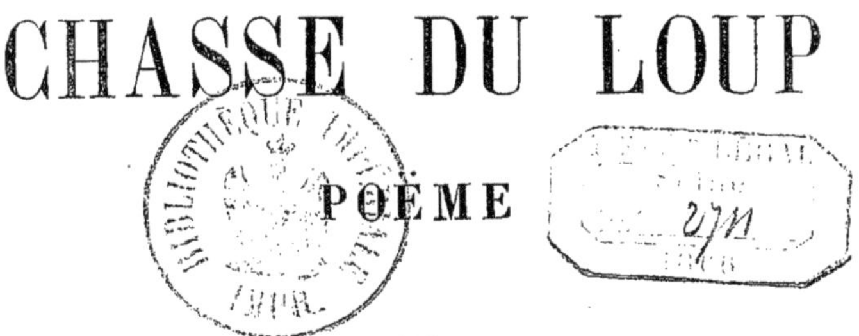

POËME

PAR

HABERT.

NOUVELLE ÉDITION

CONFORME A CELLE DE 1624

ET PRÉCÉDÉE D'UNE INTRODUCTION.

PARIS

IMPRIMERIE ET LIBRAIRIE DE Mme Ve BOUCHARD-HUZARD

RUE DE L'ÉPERON, 5.

—

M DCCC LXVI.

1866

ÉDITION TIRÉE A 150 EXEMPLAIRES

Dont 140 sur papier vergé,
8 sur peau de mouton,
2 sur peau de vélin.

Exemplaire N° 0 pour le dépot légal

Le poëme de Habert sur la *Chasse du loup* est une publication presque ignorée, quoique mentionnée par les bibliographes. Le savant, le plus savant peut-être des bibliophiles, M. Brunet, avoue, dans la dernière édition de son *Manuel du libraire*, qu'il n'a jamais eu l'occasion de voir cette œuvre de Habert. Nos recherches constantes dans les bibliothèques de Paris nous ont enfin fait découvrir ce curieux opuscule dans un recueil de pièces diverses de la Bibliothèque Mazarine, n° 18,824, A¹², in-4°. Selon notre usage, nous nous empressons d'en faire partager la découverte aux amateurs.

L'accueil favorable précédemment fait à notre édition du manuscrit original de René de Maricourt, intitulé : *Traicté et abrégé de la chasse dv lièure* et *dv cheurevil*, nous encourage dans la publication nouvelle que nous offrons aujourd'hui aux chasseurs, amis de la littérature.

M. L. Bouchard-Huzard, qui a enrichi la collection des auteurs théreutiques de plusieurs bons ouvrages, s'est attaché à reproduire l'original avec une scrupuleuse exactitude, de façon qu'il pût consoler les amateurs de la disparition si complète d'un poëme estimé en son temps

et qui n'est pas indigne de mériter quelque attention dans le nôtre. M. Cra-
pelet, dont le nom est resté célèbre dans les annales de l'Imprimerie par les
éditions excellentes qu'il nous a données de tant de curiosités bibliogra-
phiques, a publié en 1849 la *Chasse du lièvre* du même auteur d'après
une édition de 1599. La *Chasse du loup* est un poëme frère, en quelque
sorte, du précédent et il en est comme le corollaire. L'édition citée par
M. Brunet, que nous avons retrouvée, porte la date de 1624 ; elle n'in-
dique ni le lieu où elle a été publiée, ni le nom de l'imprimeur.

Divers problèmes pour l'histoire restent donc à résoudre à cette occasion. D'abord peut-on assurer que cette édition de 1624 soit l'édition
princeps ? Cela nous paraît probable par les raisons que nous donnerons
plus loin. Un fleuron, plutôt qu'une marque d'imprimeur, accompagne
le titre de ce poëme ; c'est celui qu'on retrouve en tête de notre édition.
Peut-être mettra-t-il sur la voie quelqu'un de nos érudits dans l'histoire
de la typographie française. Nous nous bornerons à dire que nous avons
retrouvé cet emblème sur des livres sortis des presses de Claude Boude-
ville, rue des Carmes, au Lys florissant, mais à une époque postérieure,
et aussi sur l'édition de la *Maison rustique*, Rouen, 1666. On sait que
les imprimeurs de cette époque achetaient souvent des planches, des bois
gravés, les uns des autres, ou après le décès de leurs confrères, et ce
renseignement, quoique insuffisant, ne doit pas être négligé.

Le point capital et le plus difficile à résoudre était de déterminer quel
était l'auteur. L'absence de l'initiale du prénom rend la solution plus pé-
rilleuse. Nous croyons, malgré les grandes autorités de la *Bibliothèque
historique* du Père Lelong ou du *Manuel du libraire* de Brunet, que l'auteur ne fut point un des membres de la famille de François Habert, du
Berry, si fertile en beaux esprits, suivant l'expression de Colletet, mais

P. Habert, sieur d'Orgemont, médecin de Gaston, frère de Louis XIII. Nous nous appuyons surtout sur la date de notre imprimé et sur la dédicace au duc de la Vauguyon, François de Silly, marquis de Guercheville, chevalier des ordres du Roy en 1619, dont le père était Henri de Silly, et la mère Antoinette de Pons, si célèbre par sa beauté. François de Silly avait été pourvu de la charge de Grand Louvetier de France après la mort de Robert de Harlay, baron de Montglat, qui fut tué en duel par son meilleur ami, le sieur de Vitry. Toutefois il ne fut investi régulièrement de sa charge de Grand Louvetier que par la publication des *Lettres à la table de marbre*, le 4 avril 1626. Deux années après, il mourait, le 19 janvier 1628, au siége de la Rochelle. Ses armes sont d'hermines à la fasce de gueules surmontées de trois tourtaux de même.

Au surplus, il importera peu au lecteur que le poëme soit de Pierre ou d'Isaac, s'il a pris quelque plaisir à le lire, et c'est dans cet espoir que nous le lui offrons, en le recommandant à sa bienveillance, et, pour le juger, nous le prions de se reporter à l'époque de sa composition, époque où les poëtes comptaient bien bravement sur l'intelligence des lecteurs (qui ne leur faisait point défaut), plutôt que sur la construction logiquement grammaticale de leur phrase, pour faire comprendre leurs pensées. — Il ne leur sera point difficile de comprendre la nôtre, qui est de leur procurer un délassement agréable.

De Bouis.

La CHASSE DV LOVP, *av comte de La Roche-Gvyon, grand Louuetier de France,* M. DC. XXIV, poëme , signé Habert, se compose de 31 pages, numérotées (1) à 31, petit in-4º, imprimées en caractères dits *italiques,* avec notes marginales en petits caractères romains. Les signatures des feuillets (A) à (Dɪv) se suivent régulièrement et doivent faire croire que l'ouvrage est complet.

Le 1ᵉʳ feuillet, qui ne porte point de numéro, mais qui est compris dans le nombre des pages, contient le titre indiqué ci-dessus et un fleuron. Le poëme commence à la page 3, dont le chiffre est au-dessus d'une petite tête de page ornée où sont représentés deux petits lièvres ou lapins assis ou plutôt debout et portant leurs pattes de devant à leur bouche. Viennent ensuite les mots : *La Chasse dv Lovp*, puis le poëme dont la première lettre I est ornée d'un fond où se trouve une branche de chêne garnie de glands. A la page 31 la signature Hᴀʙᴇʀᴛ suit le dernier vers. La 32ᵉ page est blanche. On ne trouve en nul endroit le nom d'imprimeur ou une désignation du lieu de publication. Telles sont les indications descriptives que nous pouvons donner sur l'édition de 1624 de ce poëme qui comprend 850 vers.

Pour sa réimpression, nous nous sommes servi de caractères romains dont la forme se rapproche autant que possible de celle des types employés à l'époque de la publication première, et dont l'alphabet comprend encore les *s* longues (f) et les *et* (&) que l'on n'emploie guère aujourd'hui.

Nous avons scrupuleusement suivi l'orthographe ancienne : lorsqu'elle n'est pas identique pour le même mot répété en plusieurs endroits, nous avons copié celle qui est écrite dans chaque vers. Il en est de même pour la ponctuation et pour les notes marginales. Une collation faite avec soin sur l'exemplaire de la Bibliothèque Mazarine nous permet de croire que nous avons commis peu d'erreurs à ces divers égards.

En tête du poëme nous avons mis un fleuron copié sur la *Chasse du Lovp*, par J. de Clamorgan, édition de Paris, par Jacques du Puis, 1574,

que nous croyons avoir été jointe à la *Maison rvstique* de Ch. Estienne
et J. Liebault, édition de mêmes lieu et date. Nous préparons une réimpression nouvelle de cette *Chasse du Lovp*, avec des notes bibliogra-
phiques sur les diverses publications de la *Maison rvstique et de la
Chasse du Lovp* depuis 1564; nous espérons les mettre très-prochaine-
ment au jour.

La lettre ornée I qui commence le Poëme est prise à la même source
que la tête de page.

L'une et l'autre nous ont déjà servi pour la réimpression de la *Noble
et fvrievse Chasse du Lovp*, par Robert Monthois, publiée pour la première fois, en 1642, à Ath ; nous avons été assez heureux pour retrou-
ver un exemplaire de ce Traité de chasse et nous en avons donné une
reproduction en 1863, format petit in-4°, de 48 pages, y compris une
gravure.

Ces mêmes ornements se trouvent donc placés sur trois ouvrages trai-
tant de sujets analogues et serviront à faire reconnaître leur publication
par les mêmes presses, déjà utilisées pour la propagation d'œuvres an-
ciennes et modernes de théreuticographie.

Louis Bouchard-Huzard.

LA
CHASSE DV LOVP

AV COMTE DE LA ROCHEGVYON

Grand Louuetier de France.

M DC XXIV.

LA CHASSE DV LOVP.

'AY d'autrefois efcrit de la Chaffe plaifante
Du Lieure & du Renard, & bien que différente
L'vne foit fort de l'autre, elles ne laiffent pas
Pour leur diuersité de donner du foulas.
Mais maintenant il faut d'vne haleine plus forte
Chanter plus hautement & chaffer d'autre forte,
Soit le limier au trait, soit auec les leuriers,
Ou soit aux chiens courants, ou dogues carnassiers,
Soit aux pieges tendus, soit aux rets & aux toiles,
Soit aux carnages frais, durant que les eftoiles
Et la Lune luiront, ou bien au poinct du iour
Ou fur le chaud midy, ou foit quand le long tour
Du Soleil finira ; ie veux faire la guerre
Aux Loups forts & cruels, nul endroit de la terre

Diuerses manieres
de chasser les Loups.

En diuers temps et
heures du iour.

2

Ne sera délaiſſé ſans eſtre visité,

Nul bois, & nul buiſſon sans eſtre bien queſté.

Les roches, les taillis, les foreſts verdoyantes

Retentiront de loing ſoubs nos trompes bruyantes,

Et nos chiens ameutez redoublant leurs abbois

Feront reſonner l'air, les plaines & les bois,

L'Auteur s'adresse aux Deïtez qui habitent les déserts et les forests.

Deïtez qui logez dans la ſombre demeure

Des monts & des déſerts, pardonnez à ceſte heure

Si nous allons troubler voſtre silence aimé,

Et poursuiure les Loups d'vn courage animé.

Ne vous offensez pas d'entendre nos huées,

Nos trompes & nos chiens à trauers vos fueillées :

Fauorisez pluſtôt le deſſein entrepris,

Et que nous nous puiſſions haut-vanter d'auoir pris

Par voſtre aide & ſecours ces animaux damnables,

Dont partout on reçoit des maux insupportables.

L'Auteur dedie son œuvre au Comte de la Roche - Guyon, grand Louuetier de France.

Comte, qui n'eus iamais en grace de pareil

Dont la vertu combat en clarté le Soleil,

Riche de mille honneurs, de mérite & de gloire,

Qui te plais quelquefois d'emporter la victoire

Sur ces fiers animaux, exerçant par raison

Ton corps & ton eſprit en temps & en ſaiſon,

Reçoy d'vn œil benin et d'vn accueil propice

Mes vers, mes vœux, mon cœur, & mon humble ſeruice

Plusieurs régions où sont des Loups.

Quiconque a voyagé d'un eſprit curieux

Par les diuers climats du Monde ſpacieux,

Soit dans la riche Asie, ou dans la chaude Afrique,
Dans la belle Floride, ou bien dans l'Amérique,
Soit en la Terre-neüue, ou soit en Canada,
Aux Antilles, Sagueue, & en Ochelada :
D'ailleurs en Noruëgue, en Suède, en Morauie,
Vallaquie, Poloigne & froide Moscouie :
Puis couru nostre Europe, & d'esprit modéré
Sur tout ait veu la France où l'air est tempéré :
Il aura remarqué que toutes ces contrées,
Toutes ces régions sont de Loups défastrées,
Aux habitants des lieux faisant cent mille maux,
Plus que tigres, lions & autres animaux.

Soit vers la claire part d'où Phœbus sort de l'onde
Couronné de rais d'or pour donner iour au Monde ;
Soit où ce Roy du Ciel baisse son char vermeil,
Et au sein de Téthys va trouuer le sommeil ;
Soit du costé glacé de l'Ourse Boréale,
Ou vers le Pole ardant de la partie Australe ;
Tous ces lieux sont peuplez en grande quantité
De ces Loups rauissans remplis de cruauté.

De n'auoir point de Loups l'Escosse est seule exemte,
Et l'Angleterre aussi de ce bonheur se vante :
Soit l'air, soit le terroir, on en a faict nourrir,
Mais en bien peu de temps on les a veu mourir.
Rare faueur du Ciel & bonté de Nature
De priuer ces païs de telle nourriture.

Auſſi tous leurs moutons, leurs iuments & leurs bœufs,
Demeurent iour et nuict dans leurs paſtis herbeus,
Paiſſant en seureté, ſans que dans leurs prairies
Ils redoutent des Loups les aſſauts & furies.

Loups ceruiers et
Loups marins.

Je ne veux point parler icy de Loups ceruiers,
Mouchetez comme vne Once, & grands comme Leuriers :
Ny de ces Loups marins qui plongent dedans l'onde,
Et repoſent aux bords d'Amphitrite profonde :
Je veux tant seulement difcourir de ces Loups
Qui rodent ſur la terre, & qui viuent chez noùs.

Trois sortes de
Loups communs.

De trois ſortes de Loups on voit la différence :
Les vns sont longs & grands, courans de violence,
Harpez comme leuriers ; d'autres sont plus petits,
Et plus chargez de poil, qui tiennent du mestis :
Les autres plus gouſſauts d'vne alleure groſſiere,
Comme d'autres ils n'ont la course ſi legere,
Ains ſemblent des maſtins : ils sont toſt attrapez
Par nos uiſtes leuriers aux accours pratiquez.

Le naturel des
Loups et meschan-
cetez.

Il faut deſcrire icy leur ruſe, leur malice,
Leur nature, leurs mœurs, leur ſubtil artifice,
Leurs efforts, leurs larcins, leur rage & cruauté,
Leurs amours, leur naiſſance & leur desloyauté,
Leurs combats, leurs aſſauts, leurs ialouses furies,
Leurs feintes trahiſons, leurs meurtres & turies.

En Ianuier Louue
deuient chaude.

Au mois que le Verseau donne de la froideur,
Et des fleuues profonds arreſte la roideur,

Qu'on ne voit nul nuage en la plaine etherée
Que de son froid balay ua nettoyant Borée,
La Louuë deuient chaude, & les Loups qui font vieux,
Se rendent en ce temps cruels & furieux.
Durant le froid hyuer vn chacun d'eux f'affeure
En fa force & vigueur : ils f'affemblent à l'heure
A l'entour de la Louue ; apres mille debats
Ils fe liurent entr'eux de fi fanglants combats,
Que la plus grande part en lambeaux defchirée
Ua chercher des marefts la fange defirée,
Pour fe veaulrer dedans & leur fang eftancher,
De leurs playes tafchant l'ouuerture boucher.

La Louue, auffi longtemps que fait la chienne, porte
Ses petits Louueteaux, les produit en la forte,
Et font autant de iours que les chiens à voir clair.
« Pleuft à Dieu que iamais ne refpiraffent l'air,
» Ou qu'auffitoft qu'ils ont fur la terre pris naiffance,
» On veift soudain mourir cefte maudite engeance. »

Dedans des gros halliers elles font leurs petits,
Dans des buiffons ombreux, ou dans des forts taillis,
Quelquefois à l'abry d'vn coftau qui regarde
Le Soleil du Midy qui ses rayons y darde,
Pres des trous & terriers des Blereaux, pour tafcher,
Lorfqu'on leur fait ennuy, de f'y pouuoir cacher.

La Louue en fera six, ou huict, d'vne ventrée.
Malheureux mille fois le païs & contrée

Qui reçoit telle race, infeconde à tout bien,
Et feconde à tout mal ; qui du tout ne vault rien
Qu'à perdre, à tourmenter les beftes aux bocages,
Les moutons dans les champs, les manants aux villages.

Où les fimples brebis qui dedans & dehors
Nous donnent nourriture, & nous couurent le corps,
Ne font que deux aigneaux au plus, au lieu d'en faire
Autant que fait là Louue aux humains aduerfaire.

Il faut donc que les Grands, les Princes & les Rois
Facent la guerre aux Loups aux champs & dans les bois,
Afin que leurs subiects de ce bien fe reffentent,
Tout autant que du mal dont les Loups les tourmentent.

Je veux dire cómment les Louues et les Loups
Nourriffent leurs petits dont ils sont trop ialous ;
Ils font foigneufement iufques à tant qu'ils mangent
De la mere alaitez ; de nourriture ils changent
Lors qu'ils peuuent manger, car le Loup cependant
Que la mere à loifir va fes petits gardant,
Chaffe et court par les champs & fe met à la quefte,
Regarde d'œil fubtil s'il verra quelque befte
Uive, ou bien fraiche-morte, & s'il n'a le pouuoir
De l'emporter, alors il faict tout fon deuoir
De s'en garnir le ventre & foulé fe retire,
Va la Louue trouuer qui fon retour defire :
Il reuomit apres ce qu'il a peu manger
Et traitte fes petits d'vn feftin eftranger.

Lorſqu'ils ſont grandelets aucunefois la mere
Les faict garder au Loup, le plus ſouuent le pere
Les rebaille à la Louue, & court de tous coſtez
Les villages et bourgs, & ſ'il trouue eſcartez
Des poulles, des oiſons, il tasche d'en ſurprendre,
Ou quelque petit chien, ou bien quelque aigneau tendre,
Leur porte viſtement pour leur faire tuer,
Afin que de bonne heure ils ſçachent ſon meſtier.

Ils ſe mettent apres et leur oſtent la vie :
Mais il faut admirer avec quelle induſtrie
Ils auront aigneau, chien, ou oiſon eſcorché ;
Vn maiſtre bien expert ſeroit fort empeſché
D'en pouuoir faire autant, ſi bien qu'en leur bas aage
Du meſtier des vieux Loups ils ſont apprentiſſage.

Au mois que de Bacchus on cueille le raiſin,
Les Loups meinent aux champs dans vn buiſſon voiſin
Leurs petits Louueteaux, & là les ſont attendre
Iuſques à tant qu'ils ay'nt rencontré de quoy prendre :
Soudain de proye viue, ou bien morte on les voit
Chargez & leurs petits trouuer au meſme endroit :
Ainſi les eſloignant leur donnent aſſeurance,
Puis les vont remenant au lieu de leur naiſſance.

En Octobre, en Nouembre & plus longtemps aprés
Les ieunes Loups aux bois eſtans chaſſez de pres
S'hazardent à ſortir au cours, mais trop facile
Aux Leuriers & aux rets eſt leur priſe debile.

Le naturel des Loups qui fe cognoiffent vieux
C'eft les ieunes chaffer loing d'eux en d'autres lieux,
Les mordent viuement, cruellement les battent,

Et loing de leur quartier rudemment les efcartent.
Les cerfs aux fronts cornus dediez pour nos Roys
Chaffent les ieunes cerfs dedans les autres bois,
Les fangliers qui font vieux d'alentour d'eux eftrangent
Les beftes de trois ans qui d'autre-part fe rangent :
Les lieures, les conils, vont les ieunes battant,
Et dedans nos maifons les chats en font autant.

Mefme entre les oifeaux commune eft cefte guerre,
Le heron chaffe au loing les plus ieunes grande erre,
Les corneilles, corbeaux, & les coqs des perdris
Se battent viuement pour garder le païs :
Si l'un d'eux eft vaincu, fur luy le vainqueur monte,
Apres luy le fait fuiure, ou le chaffe avec honte.

Je ne veux oublier ce que mes yeux ont veu
Et que peu de Veneurs & de Seigneurs ont sceu :
C'eft qu'vn grand Loup ayant donné bien de la peine
Apres auoir couru bois, mont, rochers & plaine,
En fin pris & tué, chacun fut eftonné
De le voir maigre & fec, fans deffein fut donné
Vn coup a fes roignons, l'on veit foudain en vie

De petits ferpenteaux qui firent leur fortie,
Deffus l'heure on jugea qu'ils l'eufsent faict mourir
Et que l'emmaigriffant ne fe pouuoit nourrir.

Certain Auteur a dict, qui n'eſt pas du vulgaire,
(Bien que ſon aduis ſoit vne erreur populaire)
Que ſi le Loup premier voit vn homme vne fois
Il luy fait du regard perdre ſoudain la voix :
Mais ce trop prompt effect ne prouient de ſa veüe,
Pluſtot de ſon haleine impure & corrompue,
L'homme reſpirant l'air ſur l'heure s'infectant
Sent que ſa voix deuient rauque et foible à l'inſtant.

La morſure du Loup eſt du tout dangereuſe,
A cauſe de ſa dent & gueule venimeuſe,
Des grands Leuriers bleſſez à peine ont peu guerir,
Et d'autres on a veu languir & puis mourir.

Les Loups comme les chiens ſont ſubiects à la rage.
Lors qu'ils en ſont attaints ils ſont bien du dommage,
Ils mordent tout cela qui paroit deuant eux,
Hommes, chiens & cheuaux, pourceaux, asnes & bœufs,
Qui deuiennent apres enragez, incurables,
Cauſant mille accidents du tout eſpouuantables :
« Dieu vueille deſtourner de nous tant de malheurs,
« Changeant en doux plaiſirs nos ameres douleurs. »
Les Loups ſont familiers aux riuages humides
Couronnez de roſeaux des paluds Meotides :
Les peſcheurs retirant leur poiſſon des mareſts
Neleur en iettant point, ils rompent tous leurs rets
A la prochaine nuict ; pour oster ce deſordre
On leur donne en peschant force poiſſon à mordre.

Discours des diuerses incommoditez qu'on reçoit des Loups.

Lors que le Ciel commence à monſtrer ſes flambeaux,
Que le ſoigneux Berger a conduict ſes troupeaux
Dedans la bergerie, on oit dans les boccages
Hurler de tous coſtez ces animaux ſauuages

Ce qu'ils font de nuict.

Afin de s'aſſembler, & d'aller au pourchas ;
Ils ſ'en vont tous enſemble au milieu des haras
De juments & cheuaux, les eſcartent pour prendre
Quelque ieune poulain, l'empeſchant de ſe rendre
Aux coſtez de ſa mere, ils l'eſtranglent alors,
Et repaiſſent leur faim des membres de ſon corps.

Lors que l'on parque aux champs, que d'vne forte claye
De longs pieux aſſeurée, ainſi que d'vne haye,

Fineſſe des Loups.

Les moutons on enferme, & qu'aupres le berger
Dans ſa cabanne à roüe actif ſe va loger,
Des Loups fins & ſubtils pres de luy ſe débandent,
Les vns vont attaquer ſes chiens qui ſe deffendent
Heriſſez de furie, & courent vigoureux :
Les Loups les attirant ſ'enfuyent deuant eux,
Sans beaucoup ſe haſter, les autres Loups à l'heure
Les voyant eſloigner, ſans beaucoup de demeure
Se iettent ſur la claye & la renuerſent bas,

Carnage des moutons.

Les moutons effrayez ils eſtranglent à tas,
En succent tous le ſang, puis pour se mettre en voye
Quittent le parc, & lors chacun porte ſa proye.

Chiens deuorez.

Ils en font tout de meſme aux villages de nuit,
Alors que quelque chien abbaye & faict du bruit,

Qu'il ſort pour les pourſuiure, ils ne ſe haſtent guiere,
Mais en le voyant loing, d'vne courſe legere
Ils retournent ſur luy ; d'autres qui font le guet,
Le voyant reuenir le ſurprennent d'aguet,
L'eſtranglent d'abordade, & en font gorge chaude ;
L'on voit des traiſtres Loups la malice et la fraude.

Si quelque mesnager n'ayant trop de raiſon
A laiſſé quelque vache, ou porc, hors la maiſon,
Ou aſne, ou bien cheual, le Loup en diligence
Cognoiſtre luy fera ſa ſotte negligence ;
Car il ne faudra pas de luy donner la mort,
D'en manger toute nuict en cependant qu'il dort.

D'autres Loups vont rodant autour des métairies
S'ils ſentent des moutons dedans leurs bergeries,
Ils grattent viuement d'un effort non commun,
Font par derrière vn trou les tirant vn à vn,
Puis fuyent ayant faict vn horrible carnage.
O Dieux ! combien les Loups font de mal & d'outrage.

Il ſemble que le Ciel & la Nature auſſi
Pour punir les humains facent les Loups ainſi
Pillards & meurtriers, bourreaux abominables,
Des diuers animaux ennemis exécrables.

Ils font bien d'autres tours, car dans les boïs eſpais
Ils chaſſent biches, fans, cheureuls, cerfs, à relais
Ainsi que chiens courants : quelquefois aux gaignages
Ils s'en-vont deſcouurir ſi des beſtes ſauuages

Feront leur viandis, ſe mettent à chaſſer,
Les accueillant de loing, & puis les vont preſſer
Pour regaigner leurs forts, où d'aſtuce aſſeurée
Des Loups d'ordre rangez attendent à l'orée
Ou cerf, ou fan, ou biche ; & se iettent d'abort
Sur la béſte innocente en luy donnant la mort.

    Ils ne ſont pas contents, tant ils ſont fameliques,
De tuer, deuorer nos beſtes domeſtiques,
Les ſauuages encor', & nuire en cent façons :
Ils ſe jettent auſſy ſur filles & garçons,
Sur vne femme groſſe, & ſur les hommes meſmes,
Teſmoignages ſanglants de leurs fureurs extremes,
Si bien qu'on eſt contraint en trouppe ſ'amaſſer
Qui ne veut à leurs pieds ſe voir toſt terraſſer.

    Alors qu'ils ont suiui les guerres, les armées,
Qu'ils ont veu de corps morts les campagnes ſemées,
Et qu'ils ont vne fois l'humaine chair gousté,
Les Bergers peuuent bien laiſſer en ſeureté
Paistre aux champs leurs moutons, car les Loups plus ne donnent
De frayeur aux trouppeaux, ſeulement ils ſ'adonnent
Eſtant afriandez à ſurprendre & guetter
S'ils pourront quelque fille ou garçon emporter.

    Rigoureux chaſtiment, punition celeste,
Qui faict voir du grand Dieu le courroux manifeſte,
Puisqu'il permet aux Loups d'attaquer l'Homme, Roy
De tous les animaux ſouſmis deſſous ſa Loy.

Or puifque l'on cognoift leur rufe & leur malice,
Et que de faire mal c'eft tout leur exercice,
Sus Veneurs, fus Chaffeurs, venez les attaquer
En cent & cent façons, des forts les debufquer
Des taillis, des buiffons, & leur faictes la guerre,
Chaffez, courez, tuez & en pauez la terre.

Vous feigneurs des païs où rauagent les Loups,
Affemblez vos fubjects, faictes-les venir tous,
Lors que de quelque Sainct ils chomeront la fefte,
Pour huer dans les bois & fe mettre à la quefte
De ces fins animaux, les contraignant donner
Aux rets dont les buiffons on doit enuironner,
Et là foit auec chiens, baftons ou harquebufes
Leur voir finir d'vn coup leurs vies & leurs rufes.

Je veux d'ordre & de rang efcrire tout premier
Comme on doit choifir & dreffer le limier.
Sur toute chofe, il faut le prendre de la race
Des chiens faits pour le Loup, & qu'il n'ait qu'vne chaffe,
Beau, ardant & hardy, le traict luy prefenter,
Et en le mignardant doucement le flatter,
Luy donnant à manger de quelque friandife
Sans point le rudoyer, pour luy rendre la prife
Plus facile du traict ; puis faut que le Veneur,
Si d'eftre diligent, il veut auoir l'honneur,
S'éueillant du matin hors du lict fe déjuche,
Aille le long des bois, remarque où fe rembufche

Le Loup, & qu'on le voye auffi toft reuenir
Prendre fon ieune chien & au traict le tenir,
Le mener gayment deffus l'erre & la voye
Du Loup fans luy rien dire, ains qu'il remarque & voye
Sa quefte & fa façon, fi fon poil eft dreffé
De peur, & longuement f'il le tient heriffé,
Ou fi fans craindre branche, herbes, ronces, il porte
En chaffant de hault nez le traict de bonne sorte.

Signe d'vn bon limier.

    Lors qu'il le porte bien & qu'il tire deffus
Le Veneur doit soudain luy en relafcher plus,
L'excitant & rendant plus ardant à la chaffe,
Luy difant, VAÏLA, VAÏLA, de voix baffe,
HA VAÏLA PILLAVT, & lors qu'il fe rabat
Et en veut, le Veneur verra bien au piffat,
Aux leffes, & aux pas, à la trace ordinaire,
Si ce Loup a paffé par là ; lors il doit faire
Careffe à fon limier, & tout bas luy parler.

Comme il faut baffement parler au limier.

TV DIS VRAY COMPAGNON, HA VOY-LE-CY ALLER,
Le laiffer approcher iusqu'à tant qu'il le lance
Et pouffe de fa couche : alors en diligence
En le mettant deffus, il le conuient flatter,
Et de la friandife au lieu mesme ietter,
Des offelets, du pain, fourmage ou autre chofe
Que dans la gibeciere il aura tenu clofe,
Puis le Veneur l'ayant applaudi comme il faut,
Frappera lors en route en parlant au plus haut.

Termes de chaffe.

Ce que doit faire le Veneur.

Sur la couche du Loup de ſa trompe tortuë
Le gresle il ſonnera, criant de voix aiguë,
Reueillant ſon limier d'vne gaye façon,
Harlov, Harlov, Harlov, Harelov Compagnon,
Apres, Apres en Route, en route, en route, en route.
Le limier ieune ainſi ſon premier plaiſir gouſte.

En la riche ſaiſon que le Soleil ardant
Par les yeux du Lion va ſes rayons dardant,
Que les fruicts ſauoureux ſous la chaleur meuriſſent,
Et les grains de Cerés de tous coſtez iaunissent,
Les Louueteaux ja grands commencent à courir
Dedans les bois voiſins, ce que doit deſcouurir
Le Veneur aduiſé, puis apres aller prendre
Le chien qu'il a choiſi, ſoudain au bois ſe rendre,
Alors le trauerser, le percer & brolſer
Les couches rencontrant, à l'heure il doit chaſſer
Les Louueteaux frappant en route, & pour facile
Rendre encor ſon trauail, d'vne ruſe subtile
Il ſe peut ſouuenir, c'eſt d'auoir vn leurier
Ieune, & le faire alors bien fouler au limier,
Apres le retirer d'vne main flatereſſe :
Voila comme vn limier en peu de temps ſe dreſſe.

En la froide ſaiſon que la terre a le flanc
Au lieu d'vn tapis vert couuert d'vn tapis blanc,
Le Veneur diligent sans craindre la froideure
Mettant ſon chien au traict doit aller de bonne heure

Autre façon de dresser le limier.

En Iuillet.

Office du bon Veneur.

. Temps d'Hyuer où l'on peut dresser vn ieune chien.

Autour d'vn bois cogneu, apres auoir cherché,
S'il trouue que le Loup ſe ſoit là rembuſché.
Et ſ'il rencontre, il doit suiure touſiours la trace,
Flattant ſon ieune chien iusqu'à tant qu'il deplace
Et qu'il lance le Loup de ſa couche, et apres
Le pourſuiue & le courre en route de plus pres,
Comme deſſus i'ay dit ; ceſte chaſſe, penible
Au Veneur ne ſera, car il est impoſſible

Le chien ne peut prendre le change. Au chien d'aller au change, eſtant lors balancé
D'vn & d'autre coſté. Voila comme eſt dreſſé
En trois façons le chien dont on deſire faire
Pour la chaſſe du Loup vn limier ordinaire.

Comme il faut choiſir et dresser les chiens courants. Si quelque Seigneur veut des chiens courans auoir,
Il faut premierement que de tout ſon pouuoir,
Il les ſace tirer & choiſir de la race
De ceux qui vont au Loup ſ'aimant à ceſte chaſſe :
Nature induſtrieuſe en peu de temps fera
Qu'vn Veneur les dreſſant ſort peu de peine aura,
Les doit nourir enſemble afin qu'ils se cognoiſſent
Et qu'hardis, grands & forts avec plaiſir ils croiſſent.

Et ſ'il n'a de vieux chiens pour les ieunes dreſſer,
Qui ſçachent buiſſons, forts, halliers, ronces, percer,
Il faudra que ſes gens ſ'informent au village

Comme on doit faire prouision de carnage. De quelque cheual mort, ou bien d'autre carnage,
Et le faire trainer, ou pluſtoſt le porter
Dedans vne charette, & l'abattre & ietter

Alendroit où l'on veult que le Loup caut y vienne,
Tout aupres en bon vent faut qu'vn tireur se tienne
Avec vne arbalefte, & d'un cizeau trenchant,
Si le Loup vient manger auffi-toft decochant,
Le tire & frappe droict, il f'enfuira fur l'heure,
Alors les ieunes chiens fans beaucoup de demeure,
Nayant pas plus d'vn an, le Veneur conduira
Où le Loup fut tiré, puis les decouplera
Les mettant fur le fang, & deffus le paffage
Et la pifte du Loup leur donner du courage,
Et les bien exciter auecques plufieurs gens.

    Lors de suiure le train ils feront diligens
Et le fang efpandu, chaffant de longue haleine
Iusqu'à tant que le Loup trouué fe leue à peine ;
Et f'ils le trouuent mort ils le piettonneront,
Et abbayants autour hardis le fouleront,
Cela faict il faudra leur en donner curée,
Voila pour dreffer chiens la maniere affeurée.

    Vn des vallets foudain doit le Loup efcorcher,
Puis dans vn grand chaudron mettre cuire la chair :
La faudra retirer lors que cuitte elle femble,
Prendre pain de froment, laict & fourmage enfemble,
Les mefler & broüiller, & dans la peau du Loup
Enuelopper le tout, puis fonner de maint coup
Le forhu près la peau de cefte fiere befte,
Sur laquelle aurez mis fon effroyable tefte,

Monſtrant ſes longues dents, en l'ouurant laiſſerez
Manger tout à vos chiens, & ardants les ferez :
Autant des premiers Loups qu'ils prendront à la chaſſe
Il faut que la curée en ce poinct on leur faſſe.

Nous ᴀᴠᴏɴs amplement traitté iuſques icy,
Du Loup, de ſa nature, & enſeigné auſſi
Comme on doit dextrement choiſir, dreſſer, apprendre
Comment il faut chasser et prendre les Loups. Limiers et chiens courants, il faut chaſſer & prendre
Avec inuention, & par moyens diuers
Sans y rien oublier ces animaux peruers,
Dont vn chacun reçoit tant & tant de dommage.

Premierement il faut ſe pouruoir de carnage
Le ſoir, auant le iour que l'on voudra chaſſer
Dans vn champ labouré qu'on aura faict herſer,
Les mettre à trois iects d'arc loing du bois où l'on pense
Que ces forts ennemis facent leur reſidence.

Comment il faut faire la traisnée. Apres de ſes boyaux liez de forte hart,
Et non pas d'vne corde, vn homme ſur le tard
Monté ſur vn cheual lors que la Lune eſclaire,
A l'entour du buiſſon ſa traisnée ira faire.

Si le bois eſt trop grand, à l'orée & aux bords
Il ſe promenera, prenant garde dehors :
Puis retournant ſur luy viendra pres de la place
Où le carnage eſt mis, & d'aſſez long eſpace
Iusques à la minuit ira deça delà,
Empeſchant que les Loups ne viennent manger là.

S'il les laiſſoit tirer des le ſoir, lors que dure
L'Hyuer aux longues nuicts, ils auroient en peu d'heure
Deſpouillé la carcaſſe, & ſe retireroient
Au loing eſtans ſaoulez, & plus n'y tourneroient.

Mais ſi vers le matin quelque Loup en approche
Ne pouuant tout manger, dedans le bois plus proche
Voyant venir le iour ira se rembuſcher,
Alors en aſſeurance on le pourra chercher.

Si c'eſt en temps d'Eſté, non trop loing d'vn riuage
De mare, ou de ruiſſeau ſera mis le carnage,
A cell' fin que les Loups boiuent ſans aller loing
Pour rechercher de l'eau quand ils en ont beſoing.

Celuy dont la charrette aura porté la beſte,
Doit les quatre quartiers leuer, les pendre au faiſte
D'vn arbre pres de là, pour la fuyuante nuit
Deux heures auant iour les abbatre ſans bruit.

Pour bien faire il faudroit poſer en ſentinelle
Dans vn arbre vn garçon ſans fermer la prunelle,
Nombrant combien de Loups paroiſtront à ſes yeux
Venans à la charogne, & dire vers quels lieux
Ils ſ'en-vont au matin, pour d'vne adreſſe prompte
Les aller réueiller auant que le iour monte.

Pour la premiere nuict les vieux Loups ne viendront
Manger du cheual mort, les ieunes ne faudront
D'y venir ; s'vn vieil Loup y ſuruient d'auanture,
Les ieunes retirez luy lairront la paſture.

L'on en a compté feize autrefois à l'entour
D'vn carnage rongé iufques au poinct du iour.
    La charge du Veneur maintenant il faut dire,
Et la quefte du Loup & la prife defcrire.

Comment le Ve-
neur doit aller en
queste et faire le
buisson pour la chasse
du Loup.

    Auant que du Soleil paroiffe le retour,
Et qu'encores fermez font les beaux yeux du iour,
Le Veneur doit quitter la plume & la pareffe,
Et prendre fon limier d'vne douce careffe,
Luy mettre au col le traict, apres l'auoir flatté.

Ce que doit faire
le Veneur.

Dés que l'Aube commence à monftrer fa clarté,
Partira du logis pour aller au carnage,
Que l'on aura ietté dans quelque labourage,
Ou dans quelque foffé : s'il recognoift & voit
La charogne plus n'eftre au lieu qu'elle fouloit,
Ayant changé de place, alors en affeurance
Doit croire que les Loups en ont rempli leur panfe :

Iamais les chiens
ne tirent la cha-
rogne de sa place.

Car toufiours aux maftins fans iamais déplacer
Sur le lieu le carnage on leur voit tiraffer.

Si elle est fort
rongée, c'est signe
de beaucoup de
Loups.

    A peu pres il pourra la quantité cognoiftre
Des Loups felon qu'il voit leur mangeure paroiftre :
Puis prenant garde aux pas dans les champs labourez,
Verra de quel cofté les Loups font retirez,
Lors tenant fon limier auec plaifir & ioye
Sans le trop rebaudir le mettra fur la voye.
    Arriuant pres du bois fi le Veneur difcret
Cognoift que fon limier ne foit affez fecret,

Il le tiendra de court ; fera les aduenues,
Les fentes & chemins des lifieres cognues.

Quand il verra fon chien prendre du fentiment
Des pas du Loup tefmoings de fon rembufchement,
Se voulant prefenter d'vne volonté franche
Aux ronces, aux halliers, fans craindre nulle branche,
Lors il luy fera fefte, & n'ira plus auant,
Le retirant de là : l'on a veu bien fouuent
Des Loups qui n'eftoient loing d'vn trait d'arc de l'orée ;
Et fi c'eft vn vieil Loup, d'vne rufe affeurée
Longuement il efcoute au bordage du bois.
Si dans ces lieux on l'a pourfuyui d'autrefois,
Ou bien qu'il ait le vent du limier, ou l'entende,
Plein d'effroy, plein de peur, auffi toft il débande,
A mille pas au loing legerement fuira.

Le Veneur donc trouuant le rembufcher mettra
Deffus le train du Loup en terre vne brifée,
Plus auant dans le bois l'autre fera pofée
Pendante fur la voye, & l'enceinte faifant
Prendra lors les deuants, tout fon faict difpofant
Dans quelque grand chemin ou vallée ombrageufe.

Il doit fans aucun bruit d'vne façon foigneufe,
Si les Loups vont plus loing, brifer comme deuant,
Allant en autre endroit encores plus auant,
Et prendre les deuants : fi, cognoiffeux *, il trouue
Qu'en ces lieux bien queftez n'a paffé Loup ny Louue,

La charge du Ve-
neur.

Ce que l'on a ex-
périmenté d'autres
fois.

Ce que doit faire le
Veneur.

* Mot de chasse.

Il doit bien remarquer s'il verra point de forts,
Ou des buiſſons touffus ; ou prendre garde alors
Si quelque beau coſtau deuant luy ſe preſente,
Qui du clair Orient la clarté renaiſſante

Reçoiue, ou bien qu'il ſoit du chaud Midy battu,
De mouſſe, de bruyere, & d'herbes reueſtu :
Si c'eſt en temps d'Hyuer que le Veneur ſ'aſſeure
Qu'en ce lieu, non ailleurs, le Loup fait ſa demeure.

Si c'eſt en la ſaiſon que les grandes chaleurs
Font rechercher l'ombrage & les douces fraiſcheurs,
Dans des taillis fort clairs, ou des hautes fuſtayes,
A l'abry d'vn hallier, ou de quelques coudrayes,
Se repoſent les Loups laiſſant le chaud paſſer.
Alors ſi le Veneur entreprend les chaſſer,
Qu'il prenne ſon limier, dextrement le conduiſe,
Il aura du plaiſir ſi l'heur le fauorise.

Mais ſi d'vne autre part les Loups n'auoient eſté
Au carnage, & qu'on n'euſt nul appas appreſté
Pour les attirer là, chaque Veneur s'aſſemble
S'accordant dés le ſoir, & reſoluent enſemble

Leurs queſtes departir, & que d'vn ſoing pareil
Chacun en ſon quartier, auant que le Soleil
Soit leué, s'achemine, & que nul du boccage

S'il n'eſt grand iour n'approche ; ains au bout d'vn village,
Ou au coin d'vne haye arreſtent, ils verront
Quand leurs rembuſchements aux bois les Loups feront.

Et doit-on efcouter en toute diligence
Les abbois des maftins ; car en grand'violence
Si les Loups ont paffé, l'on leur oit redoubler
Leurs éclatantes voix, & grondant s'affembler
(Tant la fenteur du Loup les tourmente & effroye)
Autrement qu'ils ne font aux gens paffants leur voye :
Lors on pourra iuger qu'aux buiffons d'alentour
Se retirent les Loups pour y faire feiour.

Le Soleil ia monté deffus noftre hemifphere
Dardant de tous coftez les rais de fa lumiere,
Les Veneurs diligents vers le bois s'en iront,
Et leurs limiers dreffez doucement meneront,
L'œil en terre toufiours, pour cognoiftre à la trace
Si le Loup de fes pas aura marqué la place.

S'il auoit pleu vne heure ou deux apres minuict,
Faut iuger qu'il n'eft loing ; & s'il s'eftoit conduict
Deffus quelque taupiere, ou fable, ou labourage,
A fon train ils verront s'il va droict au boccage :
Lors au bord du buiffon en quefte on fe mettra.
Auffi toft le limier fon maiftre aduertira
Du frais-rembufchement : alors il faudra faire
La brifée & l'enceinte, & le tour ordinaire
Pour gaigner les deuants comme auons declaré.

Chaque Veneur viendra de fa quefte affeuré
Faire alors fon rapport au lieu de l'affemblée
Où le Seigneur attend : foudain l'ame comblée

D'vn extreme foulas tous les Chaffeurs font voir
S'appreftant qu'à chaffer ils feront leur deuoir.
  Auffi toft les vallets les grands leuriers vont prendre,

Et tout d'vn mefme pas aux Huttes fe vont rendre :
Le Seigneur & fes gens montent fur leurs cheuaux :
Des robuftes garçons qui font duits aux trauaux

Meinent des chiens couplez la Meute clabaudante,
Qu'on depart en relais pour la chaffe prefente.
  Le Veneur commandé s'en-va gay le premier
Au bois ia recognu, tient au trait fon limier,

Qu'il flatte & réiouït : vn chacun fçait fa place ;
Le cours eft loing du bois d'vn affez long efpace ;
  En peu de temps le Loup de sa couche eft lancé,
Le Veneur aduertit ; foudain on a laiffé

Decoupler fix des chiens : defia deffus la voye
Ils appellent ardents, chacun s'efmeut de ioye,
L'on fait lors refonner les trompes hautement.

  L'vn broffe & pique apres : l'autre avec iugement
Prend garde fi le Loup hazarde vne fortie
Pour le remettre au bois ; de la Meute partie
En bandes, on redonne encor d'autres chiens frais
Reprenant les premiers pour vn autre relais :
Ainfi renouuellant, le Loup chaffé fe laffe,
Les hommes & les chiens f'animent à la chaffe.

  Vn vallet fuit apres de la trompe fonnant,
Parle toufiours à eux courage leur donnant.

Ores le Loup forcé le buiſſon abandonne,
Or' retourne à ſon fort, la crainte le talonne,
Il ne ſçait où ruzer : pour ſon plus grand meſchef
Vn relais tout nouueau l'on baille derechef,
L'on recouple les chiens laſſez qui ſe repoſent,
Et pour vne autre fois à chaſſer ſe diſpoſent.

On voit tout à l'entour des gaillards villageois
Auec tambours battants pour rembarrer au bois
Le Loup qui veut ſortir, ou qui feint vne fuitte :
Mais ſi c'eſt vn vieil Loup qui d'importune ſuitte
Soit mal-mené des chiens, en eſloignant ſon fort
D'entreprendre le cours, il fera ſon effort.

Il faut que les leuriers des Hutes on preſente,
Au bois il refuïra : ceſte chaſſe eſt plaiſante
De courre & prendre à force ; il le faut rechaſſer
Et rebuter au fort, ſe reſſentant preſſer
D'autres chiens decouplez venants à l'impourueüe :
Il ira çà & là ; lors les Chaſſeurs à veüe
Le courront à plaiſir : pour ſon effort dernier
Si de quelque Renard il ſçait vn vieux terrier,
Ou qu'il ait recogneu d'vn blereau la taſniere,
Il ſe mettra dedans la queüe la premiere.
Alors il le faudra le tenant aux abbais
De chiens enuironner : dans vn hallier eſpais
De ronces & genets, quelquefois auec peine
Il ira ſe ſauuer ; il faut que chacun vienne,

Les subjects du Seigneur ſont leur deuoir.

La chasse du Loup auec les chiens courants est agreable.

Contentement des chasseurs.

Ruses du Loup mal-mené.

Chaſſeurs, vallets, païſans ſur la place accourir,

L'aſſaillir viuement & le faire mourir,

Et lors qu'il ſera mort en donner la curée

Comme i'ay dit qu'il faut qu'elle ſoit preparée.

Les Seigneurs deuroient donc, les Princes & les Rois

Pour le bien du public ſ'exercer quelquefois

A la chaſſe du Loup, leur faire vne aſpre guerre,

Ce ne ſeroit pas peu de dépeupler la terre

De ces traiſtres, malins & cruels animaux,

Qui rauagent par tout & qui font mille maux.

Leurs ſujects de bon cœur quitteroient leurs meſnages,

Leurs labeurs aſſidus, & dedans les boccages

S'eſtimeroient heureux à leur commandement

De faire la Huée, & chaſſer hardiment

Ces ennemis iurez des pauvres brebiettes,

Des hommes bien ſouuent, des garçons & fillettes.

Ie veux pour contenter les eſprits curieux,

Pourſuiuant mon deſſeing bien que laborieux,

Eſcrire au long, auant que ma plume ſe laſſe,

Comme on peut ſans limier aux Loups faire la chaſſe.

Le Seigneur doit auoir premierement des gens

De cheual & de pied, qui partent diligens

Alors que de Phœbus l'œil commence à reluire :

Qu'aux bois & aux buiſſons où le Loup ſe retire,

Ils s'acheminent droict ; & que faiſant leurs tours

Aux fentes, aux chemins, ils regardent touſiours

D'œil foigneux, pour cognoiftre aux traces delaiffées
Ez terres, fi les Loups ont leurs piftes dreffées
Vers le bois recognu pour s'aller rembufcher.

Au temps que l'on va l'ombre & le frais rechercher,
Il faut trouuer le train du Loup fur la pouffiere,
Sur la fange en Hyuer. Voila donc la maniere
Qu'il en faudra reuoir : encores mieux, pourueu
Qu'auant le poinct du iour deux heures il ait pleu,
Il fera bien aifé de voir quel chemin tiennent
Suiuant leurs pas les Loups quand aux bois ils reuiennent.

Alors les chiens courants on mettra par relais,
Le Veneur choifira quatre gaillards & frais
Des meilleurs de la Meute, & s'en ira fur l'heure
Droict au rembufchement, afin qu'il s'en affeure,
Pour leur faire affentir où le Loup cauteleux
Se fera rembufché ; lors il en prendra deux
Des plus feurs s'il cognoift qu'à courir ils demandent.
S'il voit qu'au defcoupler roidement ils débandent,
Il s'en réiouïra & dés qu'il entendra
L'vn des chiens appeller, à l'heure il ne faudra
Les deux autres lafcher fur la voye & la trace,
Broffant à trauers bois : pour vne heureufe chaffe
Il faut percer partout pour les chiens enhardir,
Et la trompe sonner pour les mieux rebaudir,
Criant Harlou, Harlou, d'vne voix efclatante.
Le Loup ainfi lancé d'vne ardeur vehemente

Où il en faut reuoir
en Esté et en Hyuer.

Charge du Veneur.

Signe qu'il y a des
Loups.

Comme il faut chas-
ser et réjouir les
chiens.

Comme il faut bail-
ler les relais de pres.

Fera mille deſtours : lors luy faudra de pres
Bailler les relais d'ordre, & le pourſuiure apres,
Piquant legerement iuſques à tant qu'il quite
Les forts & les buiſſons d'vne contrainte fuite.

Deuoir des vallets de leuriers. Les vallets des leuriers en leurs Hutes plantez
Seront touſiours au guet de piqueurs affiſtez.
Auſſi toſt que le Loup le cours s'en viendra prendre,
Ils l'attendront venir : & lors qu'il s'ira rendre
Course des grands leuriers. Pres d'eux, ils laſcheront les leuriers courageux,
Qui toſt le coifferont d'vn abord outrageux.
Dés l'heure qu'on verra le Loup porté par terre,
Il faut que d'vn eſpieu dans la gueule on l'enferre,
De peur qu'il n'eſtropie & gaſte les leuriers.
Les vallets on replace en leurs meſmes quartiers.

Cependant dans le bois le Veneur continue
De pourſuiure & chaſſer ; la Meute ſ'euertue,
S'anime & rebaudit de plus fort en plus fort.
Seconde chasse du Loup auec les leuriers. Voicy d'vn autre Loup qui ſ'eſloigne du fort,
Prend le milieu du cours : les Leſſes de coſtiere
On laſche à poinct nommé ; d'vn autre par derriere
Il eſt ſoudain atteint ; & ſur l'heure atteré,
D'vn eſpieu comme l'autre il eſt toſt enferré.

Contentement qu'vn Seigneur reçoit à la chasse. Le Seigneur trop content d'vne ſi belle priſe,
De l'heur de ceſte chaſſe auec les ſiens deuise,
Fait recoupler les chiens, & ſans trop de trauail
En ſa maiſon retourne avec son attirail :

Jufqu'icy i'ai parlé des Loups & de la chaffe,
En diuerfes façons comme il faut qu'on la faffe
Auec les chiens courants pour auoir du plaifir,
Et auec les leuriers qu'on fçaura bien choifir.

Refte à defcrire encor comme on doit des villages
Affembler les pieds-plats pour venir aux boccages,
Et de forte huée efpouuanter les Loups,
Les haller, les pourfuiure & affommer de coups.

Ia defia le Seigneur à certain iour de fefte
A faict dire aux sujects qu'ils viennent à la quefte
Aux bois & aux buiffons, où l'on eft affeuré
Que fe logent les Loups ; chacun eft préparé
De f'y rendre & trouuer ; ia l'heure eft publiée
Qu'il conuient s'apprefter pour faire la Huée.

Les voicy tous venir ; ils font embaftonnez
De fourches, de leuiers, de picots écornez,
D'eftocs demi-rouïllez, de vieilles pertuifannes,
Suiuis de petits gars pour faire peur aux cannes ;
Sus, que fans dire mot on les aille mener
Pres du buiffon qu'on doit de rets enuironner.

Cependant les vallets au Seigneur viennent dire
Que les rets font tendus ainfi comme il defire.
L'on fait d'ordre & de rang entrer dedans le bois
L'vn de l'autre à dix pas ces brufques villageois,
Attendant que l'on tire vn coup d'vne efcoupette
Afin qu'à la Huée vn chacun d'eux s'apprette.

Quelque nombre des leurs aux cordages fe rend
Derriere des feuillars, chaque vallet attend
Dans fa hute caché ; tout le monde en filence
Eft defireux d'ouïr auec impatience
L'efcoupette peter, alors auec grand bruit
On l'entend deflafcher : deffus l'heure on conduit
Ces manants arrangez dans la fombre feuillée,
Qui font d'ordre marchants vne horrible meflée
De trompes, de cornets, de tambours & de voix :
Si bien que l'air fremit, les tertres, champs & bois
Tremblent de toutes parts, les rochers en refonnent.

Toufiours ces païfans hardis leurs pas addonnent
Vers les filetz dreffez fans craindre les halliers,
Les ronces & buiffons, où font bien couftumiers
Les Loups de fe cacher ; & le plus fouuent laiffent
Paffer fans dire mot ceux qui chaffant les preffent.

I'entends les villageois qui f'approchent de nous,
Dit vn vallet de chiens, ie voy venir des Loups,
Ils donnent dans les rets, courons de violence,
Les voila roides morts : il faut en diligence
Les cordages retendre, & foudain retourner
Aux Hutes & fans bruit d'œil veillant feiourner.

Les villageois encor à huer recommencent,
Les trompes, les tambours, & les cornets eflancent
Des fons, des bruits confus, aux voix entremeflez,
Dont l'on eft eftourdy ; des buiffons recellez,

Huée des villageois.

Ruses d'aucuns Loups.

Continuation de la huée.

Voicy des Loups fuyants d'vne courſe legere ;
A ce premier iettez vn baſton par derriere,
Dit alors vn chaſſeur, & à ceſt autre autant,
Criez, huez, courez, afin qu'en les haſtant
Des liſieres, des rets, ils n'ayent cognoiſſance.
Ils ſ'en vont droict dedans de toute leur puiſſance :
Ceux des Hutes ſur eux vont à l'inſtant courir,
Et d'eſpieux bien trenchans les font ſoudain mourir.

Mort des Loups de la ſeconde Huée.

   Le Seigneur ſ'éjouit de la chaſſe preſente,
Et ſes ſujects auſſi de la priſe euidente :
Tout auſſi toſt l'on faict des cheuaux atteler,
Les Loups ſont emportez, le char on voit rouler
En pouldreux tourbillons, on l'entend de loing bruire :
Les gaillards villageois vont leur Seigneur conduire,
Il faict vn muid de vin défoncer ſur le lieu,
Et boiuent tous de rang, puis luy diſent Adieu.

Le Seigneur, ré- jouy de la chasse, s'en retourne et faict boire ses subjects.

   Or diſons maintenant comme de main ſubtile
Le piege on dreſſe aux Loups, bien qu'aſſez difficile,
Ie veux ce neantmoins enſeigner en effect
Comment on le façonne, & la foſſe l'on faict.

   Il conuient donc creuſer vne foſſe bien ronde
De huict pieds en largeur, & de douze profonde,
Couuerte bord à bord d'vne claye à piuots,
Qu'elle puiſſe hauſſer & baiſſer à propos,
Ainſi qu'vne baccule, ou vne chauſſetrape,
Afin que finement le Loup on y attrape.

Comment il faut faire le piege.

Tout contre les piuots eft de befoin dreffer
Et ficher des rameaux, en haye les pliffer,
L'efleuer de six pieds en forme de muraille :
Et faut que fa longueur iufqu'à trois toifes aille,
Et retournant apres vienne à l'autre cofté .
Rejoindre le piuot fermement arrefté :
Rien ne pourra paffer la claye eftant preffée
Aux deux flancs de la haye hautement exaucée.

Dans l'enclos de la haye, il faut mettre vn oifon,
Ou bien quelque belier à la blanche toifon,
Attaché par le pied qui ne lairra de paiftre.
Cefte foffe affez loing de la fente doibt eftre
Par où paffent les Loups ; dés qu'ils auront le vent
De l'oifon, ou mouton, ils viendront parauant
Recognoiftre la place, & mefmement la claye :
Lors voyant fes coftez fermez de haute haye
Ils penferont deffus legerement paffer,
Et soudain dans la foffe ils f'iront renuerfer.

Pour les bien attirer d'vne façon plaifante,
Il faut de galbanum graiffer depuis la fente
Iufques au bord du piege, & fur la claye auffi ;
Les Loups qui pafferont fentant l'onguent ainfi,
Suiuront tous fon odeur iufqu'à tant qu'ils fe rendent
Sur la claye, & lourdauts dans la foffe defcendent.
Autant qu'il en viendra, pris on les verra tous :
Voila comment l'on peut faire la guerre aux Loups.

Auant que de finir ce difcours ie propofe
Aux plus fubtils efprits feulement vne chofe :
Pourquoy des Loups qui font autant de Louueteaux
Qu'vn maftin faict de chiens, l'on ne voit des troupeaux
Aux champs & dans les bois, veu que la brebis porte
Vn ou bien deux aigneaux ; & ce qui plus m'apporte
D'eftonnement dans l'ame, on ne voit bourg, cité,
Où tous les iours n'en foit efgorgé quantité
Pour le peuple nourrir, & neantmoins les plaines
De moutons & brebis innombrables font pleines.

I'accorde qu'à la chaffe on prendra quelques Loups
Deux ou trois tout au plus ; cela ne faict pour nous :
Mille & mille moutons aux bourgades & villes
On tuë en cependant, les campagnes fertiles
Ne laiffent de nourrir mille troupeaux paiffants,
Nos raifons fans raifon nous monftrent impuiffants.

J'aduouë, & ne le croy, que les Loups f'entremangent
Comme plufieurs ont dit, & que les vieux eftrangent
Les ieunes aupres d'eux, on les verroit ailleurs ;
Ie fçay que l'on en tuë, & que plufieurs Chaffeurs
Leur font auffi la guerre en diuerses manieres,
Aux harquebuses, rets, toiles, pieges, pantieres :
Cela n'eft faict fouuent, ny en plufieurs quartiers ;
C'eft pourquoy l'on deuroit les conter à milliers.

C'eft vn effect du Ciel, & de la prouidence
De ce grand Dieu viuant, d'eternelle puiffance,

Qui peut tout, qui faict tout, qui tient tout dans fes mains,
Car la foible raifon que rendent les humains
De ce faict merucilleux eft trop impertinente.
Adorons fa grandeur & fa vertu puiffante.

HABERT.

FIN.

THÉREUTICOGRAPHIE

DE

MADAME VEUVE BOUCHARD-HUZARD

IMPRIMEUR-LIBRAIRE, RUE DE L'ÉPERON, 5.

LA CHASSE ROYALE, composee par le Roy *Charles IX* et dediee au Roy tres-chrestien *Lovys XIII*. Très-utile aux curieux et amateurs de chasse. Nouvelle édition. Paris, 1857, petit in-8°, 135 pages avec planche. 7 fr. 50 c.

LES RUSES DU BRACONNAGE mises à découvert, ou mémoires et instructions sur la chasse et le braconnage avec quelques figures en taille de bois, par *L. Labruyerre*, garde de S. A. S. monseigneur le comte *de Clermont*, prince du sang. Nouvelle édition avec une introduction par *A. d'Houdetot*. 1857, in-12, 230 pages. 4 fr. 50 c.

TRAITÉ ET ABREGÉ DE LA CHASSE DU LIEURE ET DU CHEVREUIL, dedié au roy Lovis XIII° du nom, roy de France et de Nauarre, par Messire *Rene de Maricourt*, chevalier de l'ordre du Roy, capitaine de cinquante hommes d'armes pour le service de sa dicte Majesté, et gentilhomme de sa chambre, etc. Publié d'après les manuscrits originaux. 1858, petit in-8°, 144 pages avec armoiries. 7 fr. 50 c.

L'ÉCOLE DE LA CHASSE AUX CHIENS COURANTS ou Venerie normande, par *Le Verrier de la Conterie*, écuyer, seigneur d'Amigny, les Aulnets, etc.;

nouvelle édition revue, annotée, précédée d'une introduction et de la Saint-Hubert, avec un nouveau traité des maladies des chiens, les tons de chasse, un précis de la législation, des documents statistiques sur les forêts et un vocabulaire des termes de chasse, par un membre de la Société royale des sciences et arts de l'Ain; ornée de gravures intercalées dans le texte. 1845, in-8°, LX et 496 pages; figures et musique dans le texte.   12 fr.

LA VÉNERIE FRANÇAISE, par J. E. H. baron *Le Couteulx de Canteleu*, ancien officier de cavalerie, lieutenant de louveterie, avec les types des races de chiens courants dessinés d'après nature, par le baron *de Noirmont, G. Jadin* et *Penguilly*. 1858, in-4°, VIII et 283 pages, 14 planches.   25 fr.

LA CHASSE DU LOUP, par J. E. H. baron *Le Couteulx de Canteleu*, ancien officier de cavalerie, lieutenant de louveterie, avec des planches photographiées d'après nature, par *Cremière, Hanfstaengl* et *Platel*. 1861, in-4°, VIII et 119 pages; planches photographiées.   40 fr.

LA NOBLE ET FVRIEVSE CHASSE DU LOVP, composée par *Robert Monthois*, arthisien, en faueur de ceux qui sont portez à ce royal déduict. Deuxième édition, 1863, in-4°, 45 pages avec planche.   7 fr. 50 c.

LE VIEUX CHASSEUR ou traité de la chasse au fusil, orné de 55 gravures en acier, représentant la manière de tirer le gibier dans toutes les positions et augmenté de la loi de 1844, par *Th. Deyeux*, dessins par *E. Forest*, 1844, in-18, IV et 178 pages.   2 fr. 50 c.

TRAITÉ DE LA CHASSE SOUTERRAINE DU BLAIREAU ET DU RENARD, par Edmond Le Masson, avec une préface par le comte Adolphe d'Houdetot. 1865, grand in-8°, 112 pages, avec 5 planches lith.   6 fr.

LA CHASSE AU FURET, par Edmond Le Masson. 1866, in-12.   (*Sous presse.*)

NOUVELLE VÉNERIE NORMANDE, ou Essai sur la chasse du Lièvre, du Chevreuil, du Sanglier, du Loup et du Renard, par *Edmond Le Masson*. 2° édition. Avranches, 1847, in-8°, VIII et 407 pages.   7 fr. 50 c.

SOUVENIRS D'UN CHASSEUR TOURISTE, suivis d'un Essai sur la chasse souterraine du Blaireau et du Renard, par *Edmond Le Masson*. Avranches et Paris, 1859, grand in-8°, IV et 305 pages grand in-8°.   6 fr.

DES EFFETS DE LA POUDRE dans les armes de chasse et de la portée de leurs projectiles, par le comte *du B****. 1834, in-8°, 44 pages.   1 fr. 25 c.

NOUVELLE MANIÈRE DE FABRIQUER LA POUDRE A TIRER, proposée par M. *D'Artigues*. 1830, in-8°, 4 pages.   1 fr.

La Chasse a la haie, par *Peigné-Delacourt*. 1858, grand in-4°, IV et 43 pages,
avec une planche coloriée.   20 fr.

La Chasse dv Lovp, poëme, par Habert. Réimpression d'après l'édition de 1624,
avec notice. 1866, in-4°, 48 pages.   7 fr. 50

Traité pratique du Chien; histoire, races, emploi, hygiène et maladies,
par A. Gobin. 1866, in-12.   (*Sous presse.*)

La Chasse du Lovp nécessaire à la *Maison rustique*, par *Iean de Clamor-
gan*, seigneur de Saane. Nouvelle édition avec une introduction par
A. d'Houdetot, une notice biographique et bibliographique par *le baron
J. Pichon*, et un essai sur les diverses éditions de la *Maison rustique*, par
L. Bouchard. 1866, in-4° avec planches.   10 fr.

Nouvelle invention de chasse pour prendre et oster les Loups de la France,
par *Louys Gruau*, curé de Sauge. Nouvelle édition, conforme à celle
in-8° avec figures.   (*Sous presse.*)

Traité sur l'art de chasser avec le chien courant. Ouvrage qui contient
la manière de former et de conserver une meute, ainsi que les principes et
la théorie de l'art du veneur et où l'on traite avec détail les chasses du
Lièvre, du Chevreuil, du Renard, du Loup et du Sanglier, par *Boisrot de
Lacour*, lieutenant de la louveterie impériale. 2e édition avec notes et figures,
in-8°.   (*Sous presse.*)

La Fauconnerie, ou Essais sur la chasse du vol, d'après un manuscrit inédit,
in-4° avec planches.   (*Sous presse.*)

Catalogue des livres, dessins et estampes composant la bibliothèque de *J. B.
Huzard*, inspecteur général des écoles vétérinaires, membre de l'Institut de
France (Académie des sciences), du conseil de salubrité de Paris, de l'Académie royale de médecine, du conseil supérieur de l'agriculture, de la Société
royale et contrale d'agriculture, etc. ; chevalier des ordres de Saint-Michel et
de la Légion d'honneur. (Histoire naturelle, agriculture, médecine humaine
et vétérinaire, chasses et pêches, biographie, bibliographie, etc.) 1842,
3 vol. in-8°.   6 fr.

Traité des constructions rurales et de leur disposition, ou des maisons
d'habitation à l'usage des cultivateurs, des logements pour les animaux
domestiques, écuries, étables, bergeries, porcheries, chenils, poulaillers, etc.;
des abris pour les instruments, les récoltes et les produits agricoles, hangars,
remises, fenils, granges, gerbiers, laiteries, celliers, etc.; des constructions

destinées à recueillir les eaux, étangs, viviers, citernes, puits, etc., et de l'ensemble des bâtiments nécessaires à une exploitation rurale suivant son importance : suivi de détails sur les matériaux et les modes d'exécution, et terminé par une bibliographie spéciale; par *Louis Bouchard*, propriétaire, secrétaire général de la Société impériale et centrale d'horticulture, membre de celle zoologique d'acclimatation, etc., l'un des rédacteurs des *Annales de l'agriculture française*, etc. 1866, 2 tomes en trois parties avec figures dans le texte. 2ᵉ édition (*sous presse*).   25 fr.

THRÉSOR DE VENERIE, composé l'an M.CCC.LXXXX.IV, par *Hardouin, seigneur de Fontaines-Guérin*, et publié pour la première fois par *H. Michelant*. Metz, 1856, in-8°, XVI et 138 pages.   9 fr.

LA MEUTTE ET VENERIE POUR LE CHEVREUIL, de haut et puissant seigneur, messire *Jean de Ligneville*, grand veneur de Lorraine (de 1602 à 1632), d'après l'édition de 1655. Nancy, 1861, in-4°, IV et 166 pages.   15 fr.

LE LIÈVRE, de *Simon de Bvllandre*, prieur de Milly en Beavvoisis. Paris, *Pierre Chevillot*, 1585 ; réimpression par *Perrin*, à Lyon, 1866, in-4, 4 et 16 feuillets.   5 fr.

LE PARFAIT CHASSEUR, Traité général de toutes les chasses, avec un appendice des meilleurs remèdes pour la guérison des accidents et maladies des chevaux de chasse et des chiens courants, et un vocabulaire à l'usage des chasseurs, par *Aug. Desgraviers*, commandant des Véneries de Mgr le prince de Conti. 1810, in-8, VIII et 431 pages, 11 planches et 16 pages de musique.   15 fr.

PETITS POEMES LATINS. — Cynégétiques de Gratius Faliscus. La Chasse de Némésien. Alcon de Frascator. Panégyrique de Pison. Travaux d'Hercule. Etna de Cornelius Severus. Traduits en français par le traducteur de Claudien, de Vida, etc. (M. l'abbé *L. de Latour*) et par M. l'abbé *de Lutho*. Paris, 1842, in-12, IV et 359.   4 fr. 50 c.

— Le même ouvrage, format grand in-8°, papier vélin.   7 fr. 50 c.

LE CHASSEUR RUSTIQUE, contenant la théorie des armes du tir et de la chasse au chien d'arrêt en plaine, au bois, au marais, sur les bancs, dédié à Jules Gérard, le tueur de Lions, par *Adolphe d'Houdetot*, suivi d'un traité complet sur les maladies des chiens, par *J. Prudhomme*, avec un dessin d'Horace Vernet. Deuxième édition. Paris, 1855, grand in-8°, XII et 467 pages, 1 planche.   7 fr. 50 c.

CHASSES EXCEPTIONNELLES. Galerie des chasseurs illustres: Nemrod , saint Hubert, Jules Gérard, Ad. Delegorgue, Bombonel, Elzéar Blaze. Mélanges, par *Adolphe d'Houdetot*. Édition complète avec 5 portraits gravés au burin et 3 esquisses. Paris, 1855, grand in-8°, LXXIX et 311 pages et 8 planches gravées. 7 fr. 50 c.

BRACONNAGE et CONTRE-BRACONNAGE, par *Adolphe d'Houdetot*. Description des piéges et engins. Moyen de les combattre et d'assurer la propagation de toute espèce de gibier. Dessin d'Horace Vernet. Paris, 1858, grand in-8°, VII et 358 pages, 1 pl. 7 fr. 50 c.

LA PETITE VÉNERIE, ou la chasse au chien courant, par *Adolphe d'Houdetot*, avec un dessin d'Horace Vernet. Paris, 1855, grand in-8°, X et 352 pages, 1 pl. 7 fr. 50 c.

LES FEMMES CHASSERESSES, par *Adolphe d'Houdetot*. Dessin d'Horace Vernet. Paris, 1859, grand in-12, VIII et 237 pages, 1 pl. 5 fr. »

CHASSES ET PÊCHES ANGLAISES. Variétés de pêches et de chasses. Paris, s. d., in-8°, 361 pages, 5 pl. 5 fr.

HISTOIRE DU CHIEN, par *Elzear Blaze*. Paris, 1843, in-8°, VII et 460 pages et 1 planche. 7 fr. 50 c.

DE LA LOI sur la police de la chasse. Analyse critique et modifications, par M. *A. Rousset*. Paris, 1859, in-8°, 80 pages. 2 fr.

CHASSE AU CHIEN D'ARRÊT. Gibier à plumes, par *M. Chenu*, docteur en médecine. Paris, 1851, grand in-12, VIII, et 184 pages et 89 planches gravées sur bois. 5 fr.

CHASSES DE LA SOMME, par *E. Prarond*. Paris et Amiens, 1858, grand in-8°, IV et 130 pages. 3 fr. 50 c.

VOYAGE DANS L'AFRIQUE AUSTRALE, exécuté pendant les années 1838 à 1844, par *A. Delegorgue* (le chasseur d'Éléphants), avec une introduction par *Albert Montémont*. Paris, 1847, 2 vol. grand in-8° de XVI, 580 et 624 pages, 5 pl. et 2 cartes lith. 18 fr.

LA CHASSE AU CHIEN D'ARRÊT et au chien courant dans le midi de la France, suivie du chasseur au groseau (poésie), par M. *A. de Merle*. 1859, in-12, 216 pages. 2 fr. 50 c.

LE VIEUX PÊCHEUR, par *Th. Deyeux*. Paris, 1837, in-18, 185 pages avec 24 planches gravées. 4 fr. 50 c.

Traité des procédés de multiplication naturelle et artificielle des poissons ou de pisciculture pratique mise à la portée de tout le monde, par *F. Fraîche.* Paris, 1864, in-18, 164 pages avec figures dans le texte.   2 fr.

Considérations sur les poissons et particulièrement sur les anguilles, par *le baron de Rivière.* Paris, 1841, in-8°, 36 pages.   1 fr. 25 c.

Notions et préceptes sur la pisciculture pratique et sur l'élève et la multiplication des sangsues, par **Quénard.** Paris, 1855, in-8°, 8 et 12 pages.   1 fr. 25 c.

Pisciculture. Instructions pratiques sur le repeuplement des cours d'eau. (Ces instructions ont été publiées par la Direction générale des forêts.) Paris, 1860, in-8°, 32 pages.   75 c.

Théatre (le) d'agriculture et mesnage des champs d'*Olivier de Serres*, seigneur du Pradel, dans lequel est représenté tout ce qui est requis et nécessaire pour bien dresser, gouverner, enrichir et embellir la maison rustique; contenant l'art de bien employer et cultiver la terre dans toutes ses parties, ses diverses qualités et climats, d'augmenter son revenu. Nouvelle édit. conforme au texte ancien, augmentée de notes et d'un vocabulaire, publiée par la Société d'agriculture de la Seine, 1804, 2 gros vol. in-4, fig.

La Société centrale d'agriculture de Paris, trouvant que le *Théâtre d'agriculture d'Olivier de Serres* contenait les meilleurs principes d'agronomie et d'économie rurale, fut persuadée, et avec raison, que c'était rendre un service signalé à la France que de publier une nouvelle édition des œuvres d'agriculture du patriarche de cette science; mais elle ne voulut pas que le style fût changé; elle voulut, au contraire, qu'il conservât son originalité, son langage pur et naïf; qu'il fût publié tel qu'*Olivier de Serres* l'avait livré à l'impression dans les éditions corrigées par lui; elle voulut que cette édition fût enrichie de notes qui pussent la mettre au niveau des découvertes nouvelles et fissent profiter le lecteur de toutes les acquisitions, de tous les progrès de la science : ces notes eurent pour auteurs *Chaptal, Parmentier, Huzard* père, *Tessier, Yvart, François de Neufchâteau, Grégoire,* etc. Ce livre remarquable est encore, malgré son ancienneté, l'un de ceux que l'agriculteur doit consulter avec le plus de fruit.

Paris. — Imprimerie de Mme veuve Bouchard-Huzard, rue de l'Éperon, 5. — 1866.